가끔 마음에도) 청소가 필요해

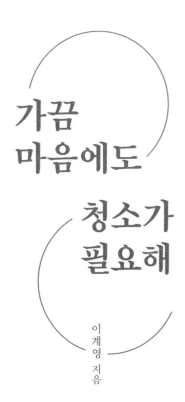

가끔
마음에도

청소가
필요해

이계영 지음

siso

추천의 글

이계영 작가의 글은 샘물 같다.
매일 사람 마음속 시궁창 들여다보느라
지저분해진 내 머리를 개운하게 씻어 준다.

이계영 작가의 글은 소녀 같다.
살면서 볼 거 못 볼 거 다 보면서 오만상 찌푸린 내 얼굴을
환하게 웃게 해주는 소녀 같다.

이계영 작가의 글은 풋풋하고 싱그런 바람 같다.
가난에 찌들고 세파에 시달리는 사람들에게
숨통 트이는 한 줄기 바람을 선사한다.

이계영 작가의 글은 엄마 품 같다.
전쟁터에서 간신히 살아남은 것처럼 사는 사람들에게
따스한 안식을 준다.

이계영 작가의 글에서는 수도자의 내음이 난다.

깊은 기도와 공감이 느껴지는 글을 써서 그런가 보다.

앞으로도 이계영 작가의 글이 널리 공기처럼 퍼져서

많은 이들이 숨 쉴 수 있게 해주길 바란다.

홍성남 신부(가톨릭 영성심리 상담소장)

뒷마당에서 차가운 공기 속에 명상을 하던 어느 날, 감은 눈 위로 햇빛이 쏟아졌다. 한 줄기 햇빛이 주는 포근함은 세상의 평안을 다 가진 기분이었다. 어쩌면 나는 천국 속에 살고 있으면서도 그걸 알지 못하고 눈에 보이지도 만질 수도 없는 저 먼 곳 천국을 바라며 지금의 삶을 무시하고 살아가고 있는 것은 아닐까?

육신을 떠난 영혼은 사랑하는 사람을 안을 수 없고 맛있는 음식을 먹을 수도 없으며 봄을 알리는 프리지어 꽃향기도 맡을 수가 없다. 그러니 이 모든 것을 할 수 있는 지금 이곳이 천국의 삶이 아닐까 싶다.

에크하르트 톨레는 심한 우울증으로 삶에 대한 공허한 마음과 깊은 회의로 괴로웠던 어느 날 더 이상 자신과 살 수 없음을 느끼고 몸부림침과 동시에 진짜의 나와 가짜의 나라는 존재가 있음을 깨달았다. 그리고 모든 생각을 정지시키는 진공과 같은 에너지 속에 빨려가는 경험을 했다고 한다.

그런 밤이 나에게도 있었다. 2008년 둘째를 공개 입양하고 한

국을 떠나 호주로 이민을 왔다. 좁은 한인 사회에서 여러 상처와 부정적 감정으로 자존감이 바닥이던 어느 날 밤 위경련이 찾아 왔다. 극심한 통증으로 숨이 멎고 유체 이탈을 경험하며 삶의 마지막 날에 후회하지 않으려면 어떻게 살아가야 할지 적어 놓은 책이 〈삶이 내게 말하려 했던 것들〉이었다. 책을 쓰기 위한 글은 아니었다. 영양분 하나 없이 거칠게 여기저기 파인 나의 마음에 웅덩이를 메우고 영양분을 더하는 작업이었다.

시간이 흐르면서 잘 다져지고 비옥한 땅이 되었다. 그 위에 비바람이 불고 눈이 내리고 땅이 언다 할지라도 봄이 되면 당당히 생명의 싹을 움트게 하고 무럭무럭 자라게 하는 힘이 되는 글을 쓸 수 있었다.

나를 비난하고 괴롭히던 가짜인 내 존재가 사라지고 온전히 나를 응원하고 내 편이 되어주는 진짜인 나는 이 땅에 태어난 의미를 날마다 깨우쳐 준다. 무엇이 되고자, 무엇을 보여 주고자 하는 것이 중요하지 않게 되었고 무엇이 된 사람들과 무엇을 보여 주려는 사람들이 그리 대단하지 않게 되었다.

그저 나의 생각을 지키는 것과 동시에 머릿속 많은 생각을 일으킴에 대해 정죄하거나 괴로워하지 않고 파도처럼 왔다가는 생각들을 움켜잡지 않으며 '그래, 그럴 수도 있겠구나.' 하는 마음으로 바라보아 준다.

성공을 외쳐대는 요즘 물질적인 성공을 한다 해도 자신의 생각과 감정이란 감옥 속에 갇혀 진짜인 나를 만나지 못하고 삶의 대부분을 보낸다면 그것은 진정한 성공이 아니다. 가지지 않은 것은 나눌 수가 없다. 내 안에 진정한 나를 만나지 못하는 삶은 공허로 가득하다. 그 마음으로 누구를 돕는다 한들 좋은 에너지가 아니기에 좋은 결과로 돌아가기 힘들다. 그러기에 자신을 충만하게 유지해야 하는 이유다.

우리가 보고 듣고 맛보고 느낀 것 모두가 자신에게 그대로 입력되어 삶으로 발현된다. 그렇게 쌓은 기억은 나를 파괴하기도 하고 아름답고 고귀하게 만들 수도 있다. 우리는 코로나의 시간

을 지나면서 행여 내 몸에 바이러스가 옮기지는 않을까 두려움에 떨었지만 철저한 방역을 위해 노력했다. 몸속 바이러스가 들어오는 것은 끔찍하게 싫어하면서 마음속에 병균을 무차별적으로 넣는 것은 맞지 않는 태도이다.

자주 가는 곳에 길이 나고 넓어지듯 어떤 생각을 품고 어떤 경험을 하는가에 따라 삶의 길이 난다는 것을 깨어 알아차리고 당신의 길이 새들과 동물들이 쉬며 갈 수 있는 예쁜 숲속 길이든, 많은 물류를 신속하고 안전하게 운송시킬 수 있는 대로이든 남의 시선이 아닌 당신이 진정으로 좋아하는 길을 내었으면 참 좋겠다.

이계영

목
차

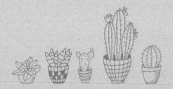

Part 1

맑음

무엇을 배우거나 노력하지 않아도
안에서 깨달아지는 것들

예배 시작 전
고요한 정적을 통해
영혼이 울리며 감동을 주는 시간이
참 좋습니다.

우리는 깨닫고 얻기 위해
외부에서 끌어오려
너무도 애를 쓰며 살아갑니다.

외롭고 고독한 것이
슬픈 일이 아닙니다.

나를 고양시키기 위한
영적인 깨달음이 필요한 시간이기에
내게 주어진 것입니다.

진실한 무엇을 찾는 시간이며

내 안에 숨겨 놓았던

용기와 절개를 펴고 씻기는 시간입니다.

무엇보다 마음을 깨끗하게 씻겨 주던

고독의 시간을 통해

세상을 비출 수 있는 귀한 시간으로 사용된다면

나는 참 좋을 것 같습니다.

좋은 아침입니다.
삶의 여정 중 아침이 있다는 것은 참 감사한 일입니다.

아침의 신선한 공기와 찬란한 햇볕
새들의 지저귐이
내가 참 많은 것을 가지고 있고
많은 것을 누릴 수 있다는 것을 말해줍니다.

아침이 준 새로운 마음 안에
가장 좋은 것들로 채워주세요.

눈을 감고
가장 행복했던 때를
감사 넘치던 시간을
스스로 정말 대견하다 느끼던 순간들을
떠올려 보세요.

그것들을 생각하다 보면

살며시 나의 마음은

밝은 에너지가 가득해진 아침이 됩니다.

오늘은 정말 나에게 최고로 좋은 날입니다.

그리고 당신에게도 정말 좋은 날이 될 거예요.

자연의 법칙은 우리에게 큰 스승입니다.

씨앗을 심으면 합당한 열매가 열리듯이
마음속 원인이 무엇인가에 따라
삶의 결과가 좌우될 수 있습니다.

사과 씨앗을 심으면 사과가 자라듯
씨앗은 중간에 내용물을 바꾸지 않습니다.

중간중간 벌레가 먹고
태풍이 불어 상하기도 하고
과실이 떨어지기도 하겠지만
미리 정성 들여 준비한다면
좋은 과실을 맺을 수 있는 것입니다.

목표를 정했으면 불안해하거나 걱정하지 말고
마음과 생각을 굳건하게 하십시오.

자연이 가르쳐 준 원인과 결과의 법칙에 따라

정성을 기울이며 미리 준비하며 나간다면

원하는 결과가 주어질 것입니다.

불안과 걱정은 그 어떤 길에도 도움이 되지 않습니다.

목표를 향하게 하는 힘은 '하고자 하면 된다'는 마음가짐입니다.

상담을 한 후 마음 깊이 공감이 되어
하루 종일, 몇 날 며칠, 몇 달 동안
몸과 맘이 아플 때가 있습니다.

그 고통을 소중한 경험으로 받아들이면 더 이상 고통이 아니듯
그들의 경험들이 저를 얼마나 깨닫게 하고 성장시키는지요.

점점 시력을 잃어가시는 분,
자녀를 하늘나라로 먼저 보내신 분,
다리를 잃으신 분,
장애를 가진 자녀를 두신 분,
재산을 모두 잃어 처음부터 시작하시는 분,
혼자 되신 분,
잠깐의 실수로 감옥에 다녀오신 분….
그동안 정말 많은 분과 함께했고 깊이 나눴습니다.

비록 가슴 아프고 절대 겪고 싶지 않은 경험이지만
그 고통을 견디고 소화한 그들의 모습을 통해

삶의 깊이를 느끼고
영혼의 성장을 이끌어 낼 힘이 있는 사람임을 느끼는 것은
커다란 감동입니다.

우리가 경험하는 일들은 '선'을 향한
정당한 이유일 겁니다.
'악'이라 이름 붙일 수 있는 것은 어디에도 존재하지 않습니다.
'악'이라고 생각한 일을 통해 '선'이라는
더 높은 단계를 배우고 도달할 힘을 얻습니다.

고치 속 육신의 삶이 아닌 나비같은 영혼의 삶을 생각한다면
행복만 가득해서 배울 게 없는 인생보다
여러 경험을 통한 배움이
진정한 인생이 아닐까 생각해 봅니다.

사람은 태어나면서
영혼의 세계에 있을 때부터
부모와 환경을 선택하고
이 땅에 내려온다고 해요.

그 선택으로 인해
영혼의 성장 중에 부족했던 어떤 부분이
자신에게 도움이 되기 때문이죠.

고난이 심했던 사람은
빠른 성장을 하고 싶었던 영혼의 선택이고
평탄했던 사람은
이번 생에 조금 쉼을 가지고 싶었던 인생이라고….

그 목표했던 부분의 성장이 끝나면
생명이 끝난다고 해요.

다시 영적인 세계에 들어가
이번 생에 대해 점검하고 깨닫는 작업을 하게 된다네요.

덜하고 더하다는 기준이 무엇일까요?

자꾸 위에서 가르치려 하지 말고
부족하다 아래에서 마음 무겁게 갖지 말고

주어진 시간
우리 영혼의 아름다운 성장을 위해서
감사히 살아보아요.

006

사람들은 천국을 사모한다고 합니다.

그들이 사모하는 것은
죽은 후의 영적 세계를 말합니다.

영적 세계에서 보면 영이 육체를 입은 이곳이
천국이 아닐까 싶습니다.
육체를 통해 영의 생각을 표현할 수 있는 것입니다.

육체가 있음으로
사랑하는 사람을 안을 수 있고
상상 속에 펼쳐진 것을 그림과 글로 표현하며
맛있는 음식을 먹을 수 있고
시원한 바람을 느낄 수 있습니다.

어쩜 우리는 착각 속에 살고 있는지 모릅니다.

삶을 다한 후

영적 세계로 가서

이곳이 천국임을 알고

이 땅을 사모할지는 모르는 일입니다.

무엇이 되고 싶었거나
간절하게 원하는 물건들
곁에 있으면 좋을 것 같은 사람이
내가 원했던 시기에 오지 않거나
인생의 다른 시점에 찾아올 때가 있습니다.

시간이 지나 돌이켜 볼 때
원하는 것을 미리 얻었다면
준비되지 않았을 것이고
지켜내지 못했을 것이며
소중한지 몰랐을 것입니다.

모든 일은 알맞은 때에 일어나는 것이 중요합니다.
알맞은 때란 그것을 맞을 준비가 된 때를 말합니다.

만약 맞을 준비가 되지 않았을 때
원하던 일들이 온다면
삶의 걸림돌이 될 수도 있습니다.

살아가고 겪어가는 모든 경험에 대해

가장 좋은 때에

가장 좋은 것으로 오기 위한 일임을

신뢰하기 바랍니다.

그때는 이해할 수 없더라도

시간이 지난 후 되돌아보면

나를 성장시키고 유익이 되는 과정이었기에

모든 날에 감사합니다.

삶에 대해 고민할수록
잘 먹고 부유하게 사는 것
이름을 알리고 권력을 높이는 것이
그리 대수롭지 않게 느껴집니다.

이 땅에 태어났다는 것은
그 어떤 목적이 있지 않을까 싶습니다.

사람들에게 삶의 목적이 무엇이냐 물으면
되고 싶은 것이나 해야 할 일을 답하곤 합니다.

원하는 것은 다르지만
깊은 뿌리는 같아야 한다고 생각합니다.

삶을 아름답게 가꾸는 일입니다.

좋은 씨앗을 심고
아닌 것들에 대해 가지치기하고

사랑스럽고 아름다운 열매를 맺어야 합니다.

글을 쓴 후
교정을 통해 많은 것들이 버려지고
좋은 글이 만들어지는 것처럼 말이에요.

중요한 것은
환경과 대상을 가지치는 것보다
내 안의 가지치기입니다.

그 힘은
세상과 우리의 삶을
균형 있게 유지시킬 것입니다.

시간, 참 빠르게 흐릅니다.
그러니 불안하기도 합니다.

순간을 어떻게 보내느냐에 따라 그것이 곧
나의 흔적이 되겠지요.

아무것도 하지 않고
걱정만 하는 모습에
내가 싫어지고
의욕이 떨어지기도 합니다.

어쩌면
너무나 열심히 달려온 나를 보며
도대체 뭘 위해 이렇게 뛰어왔을까
허탈하기도 합니다.

인생 뭐가 있냐고
소리치고 싶기도 합니다.

그럴 때

어린 날 꿈틀거렸던

아직 식지 않은 꿈을 찾아보세요.

전문가가 되면 뭘 하고

남이 알아주면 뭘 하나요.

정말 하고 싶었던 그 무엇을 찾아서

시간이 더 가기 전

나의 마음을 풀어주세요.

거창하거나

완벽할 필요도 없어요.

조금이라도

한 걸음이라도

다가가세요.

더 늦어지기 전에

더 후회하기 전에

날마다 오늘을 살아갑니다.
언제나 지금 이 순간을 살아갑니다.

마음이 아프다는 것은
과거를 살아가고 있는 것이고
마음이 불안하다는 것은
미래를 당겨 사는 것입니다.

무엇을 하든
지금을 사랑하고
순간마다 감사하세요.

그 순간이 천국입니다.

011

미칠 듯 변하고 싶던
그런 날이 있었습니다.

마음이 바닥에 내려앉아
더 이상 내려갈 수 없었던
그런 날이 있었습니다.

지나고 보니
그날 그 경험은
너무도 소중했지요.

두 번 다시 그 바닥을 경험하기 싫었기에
어린아이가 책받침으로 풍선을 공중에 붕붕 뜨게 하는 것처럼
마음이 바닥에 닿을까 정말 열심히 부채질을 했었습니다.

이제는 그렇게 부채질을 하지 않아도
내 마음은 바닥에 닿지 않습니다.

설령 바닥에 닿더라도

나를 끌어올릴 수 있는 지혜를 압니다.

거절을 당해도 배울 수 있으며

실패를 해도 배울 수 있고

부족함 속에도 배움이 있습니다.

삶의 경험 속에서

균형을 배웁니다.

인간의 몸에서 영혼으로 떠남은
고치에서 나비가 되어 날아감 같습니다.

영혼의 평안함이
최고의 행복이고 기쁨이며 감사입니다.

성 프란치스코의 기도문처럼
이 땅에 왔다 감이
나만을 위해 투쟁하고 버텨낸 삶을 넘어
어둡고 병든 곳 슬프고 어두운 곳에
조금이라도 선한 보탬이 되는 삶을 살아간다면

마지막 그날
후회와 미련보다
감사함과 기쁨으로
맞이할 수 있겠지요

모 아나운서가 정치를 하게 되면서 바뀐 얼굴 변천사를
우연히 보게 되었습니다.

쓸쓸한 기분에
어디선가 읽은 이야기가 생각납니다.

레오나르도 다빈치가 '최후의 만찬'을 그릴 때
예수님의 모델을 찾다가
어느 시골 성가대에서 성령 충만하게 찬양하던
아름다운 '피에트로 반디네'라는 소년을 모델로
예수님을 그렸습니다.

그림이 완성되어 갈 때
예수님을 로마 군병에 팔아넘긴
가롯 유다의 모델을 구하기 위해 길을 나섰지요.

10년 동안이나 유다의 모델을 찾지 못해
그림을 완성하지 못하고 있었습니다.

그러던 어느 날
흉악하게 타락한 한 사람을 만나
유다의 모델을 삼았지요.

그림이 완성되자
그 사람이 다빈치에게 말했습니다.

"저를 기억하지 못하시는군요.
저는 10년 전 예수의 모델을 했던
피에트로 반디네입니다."

내면의 생각을
상대는 모를 거라 생각합니다.

그러나 내면에 품었던 모든 것은
나의 외부에 그대로 내려와 앉습니다.

사람은 영적인 동물이라
상대가 느낄 수 있답니다.

하루하루 생각과 마음이 쌓여서
우리의 모습이 성형되고 있습니다.

더욱 아름다운 모습으로
사랑하는 마음으로
살아가고 싶은 오늘입니다.

삶의 순간순간
불행의 터널을 헤매는지
행복의 길에 서 있는지
자신을 관찰합니다.

그리고 내 마음이
어떤 것을 받아들이고
어떤 것을 거부하는지
생각해 봅니다.

현재 받아들이는 것이
나의 미래를 결정하니까요.

원하는 것들은
최선을 다해 받아들이고
원하지 않는 것들은
최선을 다해 거부하세요.

운명은

주어지는 것보다

다스리는 것입니다.

015

몇 년 전 한국에 나갔을 때
개인적인 일을 보기 위해
의정부 쪽에 간 일이 있었습니다.

오랜만에 나간 한국에서
관공서 일 보는 것도 낯설고
의정부 쪽 길은 처음이라 더욱 긴장되었습니다.

그 당시 외국 폰인 내 핸드폰은
와이파이가 되지 않는 곳에서 맹탕이라
버스 정류장을 찾을 수 없어
지나가는 아주머니께 길을 물었습니다.

그 아주머니는 찾기 어려울 것 같다며
저를 버스 정류장까지 데려다주셨습니다.

어디에 사는지,
왜 한국에 왔는지,

친정어머니가 딸이 와서 좋아하시겠다고 말씀하시더니
흐느끼기 시작하셨습니다.

친정어머니가 돌아가신 지 3주가 되셨다고 했습니다.
벤치에 둘이 앉아 서로 껴안고 같이 울었습니다.

시간이 흐르고
버스가 왔고
제가 탄 버스가 보이지 않을 때까지
손을 흔들어 주셨던
얼굴이 기억나지 않는 그분이 가끔 생각납니다.

서로 공감했던 그 순간이 사랑입니다.
사랑의 에너지가 서로에게 전달되기 때문입니다.

사랑은 모든 것을 치유하는 힘이 있습니다.

추억은 보물창고입니다.

언제든 꺼내어 들여다보고
그때의 기분을 느끼고 누릴 수 있습니다.

추억은 낭비된 시간이 아닌
시간을 풍요롭게 해 주는 마법과 같습니다.

그 순간을
몰입할 정도로 즐겼으며
진지했고
행복했으며
진심으로 감사하게 여겼기에
소중한 기억으로 남았습니다.

인생의 마지막에 남는 것은 추억입니다.

그 귀한 시간을
중요하지 않은 것들에
내어주지 말아야 합니다.

추억으로 남길 것들에
시간을 저축해 봅니다.

내가 무엇을 할 때
집중하고 몰입할 수 있는지
행복하고 감사한지
순간순간 질문해 보아야겠습니다.

017

우리는 모두 죽음을 경험합니다.
삶 최고의 공평함이지요.

그 공평함으로
사는 동안 어떻게 살아야 하는지를 깨닫습니다.

삶의 시기와 단계마다
사회가, 사람들이 정해 놓은 기대에 부응하는 것이
삶의 기준이었고 행복인 줄 알았습니다.

몇 년 전 죽음의 문턱에 서 본 후
많은 것이 변화되었습니다.

죽음은 예고하고 오지 않습니다.
당신이라고 예외일 수 없습니다.

마음의 울림대로 살지 않으면
마지막 그날은

가장 후회스럽고 억울한 날이 될 것입니다.

마음의 울림이 무엇인지 꼭 알기를 원합니다.
나를 가장 설레게 하는 것이 무엇인지 알아야 합니다.
쉽지 않은 과정입니다.
스스로 집요하게 물어보아야 합니다.

모두 바쁘다고 합니다.
바빠서 그럴 여유가 없다고 합니다.
삶은 원래 계속 바쁠 수밖에 없습니다.
바쁜 일이 끝나고 나면 죽음은 코앞에 있습니다.

자신의 인생에 나란 사람은
가장 중요하고 소중한 사람입니다.

시간은 한계가 있습니다.
다른 이가 만들어 낸 생각에 내 삶의 시간을 채우지 마세요.
자신의 삶에 용기를 내길 바랍니다.

나이가 많을수록
지혜롭고 깊어지는 것이 아니라
자연스레 죽음에 대한 생각을 하기 때문에
그런 것입니다.

나이와 상관없이
죽음의 문턱을 다녀간 사람은
삶을 소중히 여기고
무언가에 얽매이지 않고
유영하는 삶을 살아갑니다.

마지막 날을 묵상한다는 것은
어두움이 아닌
지금 이 순간을 온전히 살아가도록 비추는
스포트라이트입니다.

삶에서 벌어지는 일들은
결국 사랑을 알려주기 위함입니다.

멀리하고
증오하고
벗어나려 할수록
그 일에 오래 머무르거나
비슷한 일을 계속 경험하기도 합니다.

지금의 상황에서 자유롭기를 원한다면
삶이 내게 말하려는 것을 알아차리고
사랑으로 채우고 바꿔가기를 원합니다.

삶은 순간에 있습니다.

너무 많은 것을 가지라 하고
목표를 향해 달리라고 말합니다.

순간은 무엇과 대체할 수 없습니다.
다음 지점에 먼저 도착하기 위해 경쟁하지 않습니다.

그 목표를 이루기 위해
살아가는 삶이 아니라
내 안의 기쁨을 밝히기 위해
살아가는 삶입니다.

가만히 있을 때
공간이 채워지고
생각이 차오르며
나 자신이 됨을 느낍니다.

채워야 흐를 수 있기에

채울 수 있는 순간에 멈춤의 자유가

참 소중하고 고맙습니다.

021

나무는 자신을 잃지 않고
힘을 다해 오로지 한 가지만 추구한다.
자기 안에 깃든 본연의 법칙을 실현하는 일
즉 자신의 형태를 만들어 내는 것
자신을 표현하는 일에만 힘쓴다.
강하고 아름다운 나무보다
더 거룩하고 모범이 되는 것은 없다.

헤르만 헤세 〈나무들〉에서
나무는 언제나 마음을 파고드는 최고의 설교자라
말하고 있습니다.

요즘 저도 나무를 보고 있노라면
시간 가는 줄 모릅니다.

고요하고 깊이 있게
평안하고 편안하게
자연스럽고 지혜롭게

좋은 이야기를 해 주고 갑니다.

여러 강연을 따라다닐 필요가 없습니다.
매번 다른 이야기를 전해주는
나무가
자연이
참 고맙습니다.

022

나이가 들어간다는 것은
삶을 재해석하는 여유가 생기는 시간이고
시간의 깊이를 가지고
지혜와 사랑의 빛을 발하는 시간입니다.

고택이나 역사가 깊은 곳에 가면
그 자체만으로
겸허함과 깊이를 느끼면서
쉼과 안식을 얻게 됩니다.

단,
잘 보전되고 관리가 된
상태에서 말입니다.

우리네 인생도
그리 잘 가꾸며 익어 간다면
나누고 함께해도 모자람이 아닌
깊이 있고 풍성한 시간이 기다리고 있겠지요.

쉼이 되고
온기 가득하며
지혜를 나누는 시간이
우릴 기다리고 있으니
기대하라며 응원하네요.

023

오래전
나의 젊음이
애틋하게 그리운 것처럼

시간이 지난 후
지금의 젊음 또한
그리워하는 순간이 오겠지요.

아이들이 학교에 가고 오는 순간
마음의 카메라로
찰칵찰칵
찍어 둡니다.

빨래를 개어 서랍에 넣고
식사를 준비하고
꽃을 꽂는 모든 시간이
젊음의 시간이기에
누릴 수 있는 감사입니다.

듣고 보고 말하고 생각할 수 있는 한
젊음을 누린다고 생각합니다.

감사하며 소중히 잘 누리는 것이
주어진 생명에 대한 의무이고 책임입니다.

분주한 아침을 보내고
햇살이 비치는 창가에 잠시 앉아봅니다.

눈을 감고 숨을 고릅니다.

깨끗한 수건을 맑은 물에 적셔
마음의 유리창을 닦아냅니다.

얼룩졌던 부분은 여러 번 닦아내고
먼지 쌓인 곳도 신경 써 털어냅니다.

닦다 보니 구석에 쓰레기도 있습니다.
쓰레기봉투를 가져다 깨끗하게 비워냅니다.
고장 난 부분도 있네요.
내가 고칠 수 있는 만큼 고쳐봅니다.

괜찮을 것 같습니다.
뽀득뽀득 소리가 납니다.

햇볕이 들어오고

바람이 살랑 들어오니

코끝에 신선한 향기가 납니다.

삶이 몇 부작으로 나누어 있는지 잘 모르지만
채움과 배움, 깨달음과 행함이 있어야
다음으로 넘어갈 수 있음을 알고 있습니다.

한 컷 한 컷
마무리해야만
참된 용서와 회복이 있었고
밝음이 보였습니다.

대충이란 없습니다.

삶의 흐름의 속도와 방향을 인지하고
에너지의 높낮이를 파악하는 것

과하지도
모자라지도 않게
채우고 덜어내며
사랑하고 사랑받고

섬기고 쉬며

위로하고 위로받는 것

잠잠한 호수처럼

채워지고 흘려보냄이

보이지 않듯

살아가는 것

그것이 인생임을 배우고 있습니다.

Part 2

비움

026

수평이 맞지 않거나
휘어지고 깨진 거울은
대상을 왜곡하게 됩니다.

사람도 불안하거나
상처를 많이 받은 사람일수록
같은 상황을 자꾸 왜곡해서 해석하거나
피해의식을 자주 나타냅니다.

마음과 나를 별개로 떼어 놓고
상황을 객관적으로 바라보길 바랍니다.

무엇이 문제이고 문제가 아닌지
보다 나은 환경을 위해 해야 할 일은 무엇인지
감정에 휘둘리지 않고
마음을 고요하게 다스릴 때
보일 것입니다.

내면의 생각을 바꾸면

외부의 상황은 새롭게 변해 갈 것입니다.

새싹이 나고
꽃이 피고
열매가 열리듯

머릿속 생각도
조용히 자리를 잡아
행동으로 드러나게 됩니다.

감추어진 모든 것들은
시간의 차이일 뿐
결국 드러나게 됩니다.

행동으로 드러났을 때
제어할 수 있다는 자신감은
버려야 합니다.

지금의 모습은 과거의 생각 속에서 추구한 결과이며
미래의 모습은 현재의 생각에 따라 만들어질 것입니다.

행동에 책임감을 가지듯

생각에도 책임감을 가져야 합니다.

028

우리는 선과 악을
구분 지으며 살아갑니다.

선함은 긍정적이고 밝은 것
악함은 부정적이며 어두운 것
이것은 배우지 않아도
느껴지는 것입니다.

하지만 선하다고 생각했던
일을 깊이 보면
그 안에 이기심이 있습니다.

신에 대한 신실함
열심 있는 봉사
공익을 위한 마음
이웃을 위한 섬김

이 모든 것은
자신이 그 일을 할 때
마음에 평안이 오고
기쁨이 되기에 하는 것입니다.

자신에게 도움이 되지 않고
불편하고 부담되는 일을
오래 감당할 수 없습니다.

이것을 인지하지 않으면
교만하게 되거나
남의 부족을 탓하는
선함을 행하게 됩니다.

선한 행동 이면의
이기주의가 나쁜 것은 아닙니다.
일을 진행하게 하는 열정입니다.

그 열정으로

행하지 않은 자를

답답해하거나 나무라면 안 됩니다.

그는 자신의 선함을 살고 있으니까요.

029

이 땅에서
경험했고 느꼈던 소중한 기억들

혹은 기억나지 않지만
깊이 새겨진 자국들
모두 소중한 자산입니다.

깨달음과 교훈,
배움이 있는 삶

어제보다 나은 오늘을
이야기하고 나눌 수 있어 다행입니다.

삶과 영혼의 성장을 위해
꼭 필요했던
나와 당신의
그 시간들이
참 고맙습니다.

030

'이곳'에 있으면서 '저곳'을 바라거나
현재에 살면서 오지도 않은 미래에 대한 걱정
또는 과거에 집착할 때 스트레스가 생깁니다.

몸은 하나인데 마음은 분열되어
그것을 억지로 견뎌야 하는 것은
정상적인 삶이 아닙니다.

'지금 여기'에 집중하지 못하고
과거나 미래에 마음이 가 있다면
삶은 불행해집니다.

과거나 미래에서 주는 두려움
자기 연민, 걱정, 불안, 후회 같은 것들은
내면만 갉아먹는 것이 아니라
신체적 노화와 병까지 일으킵니다.

삶을 책임지고 싶다면
두려움을 인정하고
두려움의 생각이 끊어질 때까지
지금의 삶에 집중하길 바랍니다.

두려움이 마음속에 일어나지 않게 하는 방법은
지금이라는 힘입니다.
지금에 들어가 완벽하게 현재를 누리세요.

과거를 떠나보내세요.
미래의 걱정을 당겨오지 마세요.

지금 이 순간을 온전히 살아가는
당신의 오늘을 응원합니다.

031

사랑하며 행복을 경험하고
이별을 통해 고통을 느낍니다.

잦은 사랑과 이별을 반복하는 사람들의 특징은
어릴 적 부모로부터 사랑을
풍족하게 받지 못한 경우가 많습니다.
외로움에 목마를수록 사랑을 원하게 되는 것이지요.

우리네 삶에는 양면이 존재합니다.
남자와 여자가 있고
밝음이 있으면 어두움이 있으며
동전도 앞뒷면이 있듯이
사랑이 있으면 이별이 있기 마련입니다.

진정 사랑해서 평생을 같이하더라도
생명의 갈림길에서 이별을 맞이하는 것입니다.
시기가 다를 뿐 누구라도 이별은 피해 가지 않습니다.

영원을 바라는 것은
불가능을 원하는 마음입니다.

사랑할 때조차 불안함을 느끼는 것은
헤어질까 하는 두려움에서 오는 것이지요.

그러기에
사랑할 땐 외롭고
이별 후가 괴로워지는 것입니다.

즉, 좋은 것만 취하려 하고
싫은 것은 거부하는 마음이
자신을 더 고통으로 몰고 있습니다.

인생의 사계절이 있듯이
사랑과 이별도 삶의 자연스러운 현상입니다.

삶에서 그렇게 아름다운 사랑을 한 것에 감사해 보세요.

사랑의 결과물 중 하나가 이별임을 받아들이시고
떠나간 이별을 가만히 느껴보세요.

상대를 통해 사랑을 배울 수 있었고
나를 더욱 알아가는 과정이었으며
삶이 성숙해가는 귀한 시간이었습니다.

나를 사랑하지 못하고
자신은 존중하지 않는다면
사랑은 계속해서 가슴 아픈 사랑으로
이어진다는 것을 깨닫기 바랍니다.

이별이 있기에 사랑 또한 아름다움을….

032

최근 태국과 호주 타즈매니아를 다녀왔습니다.

덥고 습한 태국에서 돌아왔을 때
제가 사는 곳의 날씨는 쾌적하고 깨끗했습니다.

시원하고 쾌적한 타즈매니아에서 돌아왔을 땐
고온 다습한 열대지방에 온 줄 알았습니다.

이렇듯 우린 색안경을 끼고
각자 의미를 부여한 세상에 살고 있습니다.

같은 날씨를 두고
덥고 짜증 나는 것으로 볼 수 있고
쾌적하고 깨끗한 모습으로 볼 수도 있습니다.

문제는 나의 시선이겠지요.
행복의 시선을 어디에 두어야 하는지
날씨를 통해 배웁니다.

033

최근 스스로 삶을 마감한 분의 이야기를
여러 차례 들었습니다.

한 영혼이 인간의 몸으로 왔다는 것은
삶의 경험을 통해 영혼이 성장하기 위함이기에
살아갈 힘은 태어나면서 모두에게 주어집니다.

지금 같은 바닥이 계속될 것 같지만
힘든 날들을 견딘 당신은
'그런 때가 있었지'라는 때가 옵니다.
인생은 생각보다 깁니다.

감정의 힘듦으로 인해
마음이 하는 말을 무시하지 말길 바랍니다.
내면은 그렇게 어리석지 않습니다.

내면은 최상의 삶을 만들어 가기 위해
되고자 하는 최고의 나를 표현하길 원합니다.

삶이 버겁고 남들이 뭐라 해서 포기할 생명이라면
괴로움의 대상을 과감히 포기하면 됩니다.
자신을 포기하는 게 아닙니다.

끝이 없는 고통은 없으며
모두 흘러가는 것입니다.

이 고통마저도
나를 성장시키는 재료임을 잊지 말고
묵묵히 지나가길 바랍니다.

034

재작년 여름 이사를 오면서
데크 난간 쪽이 너무 훤히 비쳐
이케아에서 스크린을 사다 난간을 가렸어요.

2년이란 시간 동안
바람의 움직임에 꾸준히 펄럭거리며
커다란 구멍이 생겼습니다.

건강이나 사람 관계의 무너짐
세상에 일어나는 어떤 일도
갑자기 일어나는 법은 없습니다.

〈도덕경〉 63장에 필작어세(必作於細)라는 말이 있습니다.
반드시 모든 일은 작은 것에서 시작된다는 말이지요.

살아갈수록
작은 것에 정성을 다하고
소소한 것에 감사하는 일이

가장 중요함을 느낍니다.

낙숫물에 바위가 패이듯
작은 물방울
작은 바람의 몸짓
작은 마음가짐이
삶을 풍요롭게 할지 황폐하게 할지는
그날 우리 선택의 몫이겠지요.

035

공평하지 않다고 생각하는
이 땅의 삶이지만
살아있는 자 모두에게
하루라는 공평함이 주어집니다.

이 시간
무엇을 입력했는가에 따라
삶에 영향을 주며
인생의 질이 좌우됩니다.

보고 듣고 맛보고 느낀 것
모두가 그대로 입력되어
삶으로 발현된다는 것을 잘 알고 있습니다.

그 입력된 것으로
나를 파괴하거나
기품있고 사랑스러운 나를 만들 수 있습니다.

코로나19 사태에
행여 내 몸에 병균이 옮기지는 않을까
두려움에 떨고 있기도 하고
철저한 방어를 위한 노력을 하고 있습니다.

몸속의 병균은 끔찍하게 싫어하면서
마음속에 병균을 무차별적으로 넣는 것은
맞지 않는 태도입니다.

자주 가는 곳에 길이 나고
많이 사용한 곳에 길이 넓어지듯이

어떤 경험을 넣어주었고
어떤 생각을 품었는지에 따라
내면의 길이 나겠지요.

어려운 상황에 있을 때
용기만큼 중요한 것은 없습니다.

신발 끈을 똑바로 여미고
스스로 용기를 부여하세요.

어떠한 삶의 고통이나 유혹 속에
나를 절대 내어주지 않습니다.

고통 속에 내버려 둔다는 것은
회오리바람에
나를 허락하겠다는 것입니다.

겪었던 일들을
두 번 다시 겪지 않으려면
자신의 삶을 방관하지 말고
용기와 분별력으로 바꿔 나가길 바랍니다.

지금까지 잘 해왔듯이

당신은 할 수 있어요.

037

삶을 허접하게 여기거나
운명을 탓하면서
슬픔과 우울함 속에 빠지지 않도록
항상 경계해야 합니다.

생산적이지 않는 언쟁이나 비난
비교와 상실감도
전혀 도움이 되질 않습니다.

위대한 일상을 애써 살아가는
모든 인생에 대해 경의를 가져야 합니다.
살아가는 것 자체가 얼마나 대견한 일인지요.

성숙한 모습으로
상대의 삶을 존중하고
자신의 삶을 소중히 여겨야 합니다.

부드러움 속 강인한 모습으로

힘든 시간을 흔들리지 않고 걸어가는

나의 소중한 친구를 응원하며

짧은 글을 적어 봅니다.

038

유난히 눈에 거슬리는 사람을 만나거나
마주하기 싫은 상황을 접할 때가 있습니다.

마음 챙김의 시선으로 보면
그 또한 내 안의 무의식에서 만들어 낸 결과입니다.
지속된 생각은 물질화를 일으킵니다.

우리의 뇌는 부정문을 인식하지 못합니다.
다만 집중하는 무언가를 인식할 뿐이지요.

'저런 행동을 하는 사람이 싫어'라고 생각하면
'싫어'를 인식하기보다
'저런 행동'만 집중하게 됩니다.

임신 중에 임산부가 많이 보이고
수험생 눈엔 수험생만 보이듯이 말이죠.

앞서 말한

눈에 거슬리는 사람이나
마주하기 싫은 상황은
무의식 속 두려움이 끌고 온 결과입니다.

현실의 상황을 바꾸기 위해
무의식 속 두려움을 인정하고
마주한 환경에 감사하세요.

괜찮구나.
그럴 수 있어.
다양한 사람이 있을 수 있고
이 경험을 통해 배울 수 있음에 감사해.

모든 것을 포용할 때
집중하지 않게 됩니다.

원하는 것을 집중하는 것은
두 배의 기쁨으로 다가오겠지요.

안 좋은 꿈을 꾸었다며 조심하라고
연락하는 사람이 있습니다.

관심이고 사랑이라 생각하지만
상대에게 도움 되는 행동이 아닙니다.

두려움을 심는 일을 해서는 안 됩니다.
상대의 에너지를 낮추게 하는 행동은 죄입니다.

진심으로 걱정이 된다면
마음으로 잘 될 거라 응원해 주고
안부를 묻는 것으로 충분합니다.

더욱 중요한 것은
상대의 말에 잡혀
두려움의 틀에 나를 집어넣고
에너지를 낮춘다면
마음의 큰 짐을 지우는 것입니다.

상대가 무슨 말을 하든 나의 마음을 지키고
다른 이의 에너지를 높이게 하는 일은 복을 짓는 일이며
자신을 더욱 매력 있게 만드는 일이겠지요.

모르는 게 약이다.
아는 것이 병이다.
이와 같은 말은 인식과 관련이 있습니다.

무언가를 인식하면
그것은 내 안에 존재하게 됩니다.

자꾸 과거의 상처나 불행했던 마음을 들춰내고
현재의 가난과 부족함을 되뇌면
뇌와 잠재의식은
그런 상황을 현실로 인식합니다.

삶을 바꾸고 싶다면
자신이 주로 무엇을 인식하고 있는지
점검할 필요가 있습니다.

당신 안에 존재하는
부정적 인식에서 해방되길 바랍니다.

그 누가 대신해 줄 수 없고
자신만이 변화시킬 수 있습니다.

생각보다 쉽게
삶은 나아질 수 있습니다.

인생은 나선 계단과 같아서
계단을 올라갈 때마다
지나온 여정을 바라볼 수 있습니다.

어릴 적 산수가 그리 어려웠음에도
학년이 올라가면
작년에 배운 산수가 쉬웠던 것처럼 말이에요.

지금 어려운 시기를 지나는 분들이 많을 거예요.
생존의 차원에서 원하던 일을 하지 못하고
임시로 택한 일을 하는 경우도 있겠지요.

우선 기본적인 필요를 채워야
원하는 환경으로 넘어갈 수 있습니다.

희생했다고
속상하다고
생각하지 마세요.

원하는 길을 향한 중간 단계일 수 있고
잠시 머문 이곳에 선물이 숨겨져 있을지 몰라요.

인생에서 쓸모없는 경험이란 없습니다.
무슨 일을 하든 감사함과 사랑으로 한다면
깨달음을 얻고 기회가 올 것입니다.

묘목이 나무가 되기 위해서는
아픔의 가지치기를 합니다.

이 어려운 시기
힘들고 아프더라도 잘 견뎌서
훗날 멋진 나무가 되기를 응원합니다.

042

매일 닦아내지 않으면
먼지가 쌓이는 것처럼
살아오면서 들었던 부정적 메시지 또한
내 안에 그리 쌓여 있는 것은 아닐지요.

그 말이 진실인 양
부정적 삶에 나를 가두어 놓은 채
평생 자신을 꺼내어 주질 않고
강박관념에 사로잡혀 살아갑니다.

내 삶은 다른 이가 정의할 수 없고 선택하는 것도 아닙니다.
과거 나에게 상처 주었던 말들을 놓아 버리고
현재를 살아가세요.
내가 정말 듣고 싶었던 말 남에게 바라지 마시고
스스로 해 주세요.

삶은 선택의 연속입니다.
사랑을 선택하세요.

긍정을 선택하세요.

원하는 삶을 살아갈 능력은 내 안에 있습니다.

043

운명의 수레바퀴를 돌리며
이 길에서 절대 벗어날 수 없다고 생각한다면
절대로 벗어날 수 없을 것입니다.

지금 경험하는 환경이
내면에서 그리 정의 내린 삶은 아닌지
생각해 보길 원합니다.

무언가 받고 싶다면
먼저 내어주어야 합니다.

변화함으로
많은 상황은 회복될 수 있습니다.

태도나 말투
사랑 에너지
감사의 마음에 의해
환경은 변화되고

기회는 찾아옵니다.

자신을 변화시키지 않는다면
무슨 일을 하든지
비슷한 상황을 접하게 될 것입니다.

세월이 지나도
받았던 상처가 가끔씩 올라와 마음을 헤집고 가듯
받았던 사랑은 오랜 시간이 지났더라도
그리움에 감사함을 더합니다.

여리고 미숙했던 날들
감정이 촛불 같던 시간에
힘을 주시던 좋은 분들이 생각납니다.

어른이라고
다 같은 어른이 아닙니다.

나 또한 어른이 되려면
받았던 사랑을 기억하고 감사하며
그 사랑을 흘려보내야 하겠지요.

지금 와 생각하니
스쳐간 인연이지만

많은 분의 사랑이

지금의 나를 만들어 주셨어요.

정말 복 받고 살았습니다.

잘 살아야겠어요.

마음 챙김을 해도
수많은 과정을 듣고 습득해야 하고
종교 생활을 하는 것도
믿음을 재평가하고 성장해야 하는 모습을 봅니다.

많은 사람들이
인생에서 목표를 향해 열정을 내어 달리지만
그 압박감으로 진정한 자유를 잃어갑니다.

그것을 하고
그것이 되기 위해
많은 것을 누리지 못하는
일상을 보게 됩니다.

무엇을 하고
무엇이 되어야
멋진 삶이 아닙니다.

그냥 이대로
모두 좋습니다.

잠잠히 있을 때
깊은 것들로
더 많이 감사하게 됩니다.

성공의 삶이란
남이 아닌 자신에게 인정받는 것이고
마지막 날 억울함이나 뭉침이 없어야 합니다.

너무 애써 달려가느라
마음에 쉼을 주는 일을 잊지 말아야 하고
설레는 것들로 행복을 치장할 줄 알아야 합니다.

죽음의 문턱에서 깨달은 교훈은
'열심히 살되 열심히 살지 말자!'였습니다.

남들이 원하는 열심으로는 살지 않기로 했었지요.
나의 열심으로 사는 일

깊은 호흡과 맑은 생각으로 살아야
내 안의 빛이 사랑이 되고
그 사랑이 채워져야 흘러갈 수 있음을 말입니다.

이런저런 안타까운 소식을 들은 날입니다.

하루를 살아도
남의 삶이 아닌 내 삶으로 살아가기로 해요.

자아, 참나, 내면, 삶의 주인…
많고 많은 이름을 가진 내 속의 진짜 나

그 아이가 잘 되려면
가짜인 나라고 부르는 에고를 잘 보살펴야 합니다.

사실 가짜인 내가 어디 있을까요?
에고가 가짜라고 생각하지 않습니다.
모두 연결되어 있지요.

내 감정을 다스릴 수 있어야
내면도 바로 서는 거지요.

정화와 조화의 의미를 아는 것
묶이지 말아요.

흘려보내야 맑아지고
비워질 때 더 좋은 것을 받을 수 있습니다.

마음이 찢어졌다고 하고
삶이 깨졌다고도 합니다.

어쩌면 그 일은
찢어진 것도 깨진 것도 아닌
삶이 열리는 중일지 모릅니다.

태어나기 위해
알을 깨고 나올 때
어미 닭이 쪼아 열어 주지 않습니다.

그 정도의 강함이 있어야
건강하게 살아갈 수 있기 때문이지요.

고통의 시간은
삶을 망치기 위해 오는 아픔이 아닌
삶에 빛을 넣어주기 위해 열리는
꼭 필요한 시간일 것입니다.

자신을 존중하고
스스로를 값싸게 만들지 마세요.

외부에서 정한 선보다
내부에서의 선을
자유롭지만
더욱 온전히 바르게 지켜
자신을 실망시키는 일이 없도록 해야 합니다.

타인이 두려워서가 아닌
내 평생의 삶을
존중하고 귀하게 여기기에
그리하는 것입니다.

살다 보면
온전히 평화로울 것 같던 에너지가
자신의 의도와 상관없이 흔들릴 때가 옵니다.

시련과 고난이라 명하며
두려움과 절망의 시간을 보내기도 하지요.

그러나 이 시간은
지나온 판을 흔들어
새로운 시간을 여는
귀한 메시지이며
빛나는 시작입니다.

현실의 희생자가 아닌
삶의 여행자이기에
우린 날마다 꿈을 꿉니다.

Part 3

평온

바쁜 아침 시간을 보내고
피곤한 생각에 잠시 소파 위에 몸을 포개었다.

내 안에서 갑자기 몇 살이냐 물어왔다.
나이를 생각했다.

머릿속 생각을 다 안다는 듯
"지금 네 나이 말고 너의 진짜 나이!"
진짜 나이가 무엇을 의미하는지 궁금해졌다.

내면이 답답한지 다시 말을 했다.

"영혼의 나이 말이야.
지금은 몸과 얼굴의 나이가 엄청 중요한 것 같지?
다른 사람들도 그렇게 보이지?
비밀인데 저건 다 가짜란다.

정확하게 말하면 지금 겉으로 보이는 모습들은

영혼을 담기 위해 잠시 사용한 도구일 뿐이야.

영혼의 나이는 한 살, 두 살 이렇게 먹는 게 아니야.
나이는 사람들이 정해 놓은 룰이란다.

빛을 발하는 크기에 따라 다르지.
나이란 개념보다 빛의 개념이 맞을 거야.
네가 어떤 마음으로 살아가느냐에 따라
영혼이 소멸하거나 영원할 수 있는 이유지."

우리의 영혼은
이곳 아름다운 땅 지구에서
육체적 경험을 하며
의식의 수준을 쌓고 있습니다.

육체에서 영혼의 나가는
알 수 없는 미래의 어느 날
몸의 모든 시스템은 멈출 것입니다.

평생 살 것 같은
육체의 날들을 따라가기 위해
너무나 바쁜 시간을 보냅니다.

같은 세상 우리지만
만나는 사람마다
의식의 가치와 기품은 천차만별입니다.

그것은 아마

영혼에 새겨져
없어지지 않을지도 모릅니다.

신체적으로, 감정적으로, 정신적으로
균형 상태에 있을 때
바른 의식을 쌓게 됩니다.

순수한 바탕에서
그것들은 더욱 빛이 납니다.

자유로운 그날에
더욱 반짝반짝 빛나는 우리라면
참 좋겠습니다.

나는
생각하는 만큼 쓸모 있고
생각하는 만큼 건강하며
생각하는 만큼 가치가 있습니다.

세월의 흐름 속에
나이를 계산한다는 것은
텅텅 비어있는 자신이 나타낼 뿐입니다.

마음과 정신을 컨트롤할 수 있으며
연륜에서 나오는 현명한 지혜를 가지고
기품있는 빛을 낼 수 있습니다.

나이가 들어간다는 것은
현명하고 품위 있는
최고의 매력적인 시기를
지나고 있는 것입니다.

내가 나의 가치를 바라보는 만큼

남들도 그리 보아준다는 것을

잊지 마세요.

054

우리는 시간이 없다는 말을 달고 삽니다.

정작 노력보다는 마음의 부담감에 눌려
에너지를 다 소비한 마음으로 살아가지요.

정말 시간이 없어
꿈을 이루지 못하는 것일까요?

상대에게 자꾸 '바쁘다, 시간이 없다'고 하면
사람을 잃는 길입니다.

나에게 자꾸 '바쁘다, 시간이 없다'고 하면
꿈을 잃는 길입니다.

우리는
시간을 만들어서
꿈을 이루는 사람입니다.

055

많은 철학가들은
남의 생각을 말한 것이 아닌
자기 마음속 확신을 말했기에
지금까지 그들의 가치를 인정받고 있습니다.

이 세상 수많은 사람의 이야기 중
오직 내가 경험했던 일들이
반짝이는 섬광처럼
내면에 내려와 박힙니다.

그 안에서 스며 나오는 감정은
어떤 이의 사상보다 존귀한 것입니다.

마음속 확신을 가지고 의미를 깨달을 때
내 안에 내재적인 것은
외적인 힘을 발휘할 것입니다.

056

우리네 주변에는
젊은 생각을 하는 노인이 있고
나이 든 생각을 하는 젊은이가 있습니다.

나이가 들었다고 해서
생각이 늙는 것은 아닙니다.

늙었다는 것은 무기력한 것이고
무기력한 것은 선택의 여지가 없을 때 생기는 감정입니다.

선택은 우리의 생명이 다하는 날까지
누려야 할 최고 권리입니다.

우린 날마다
수천 번의 선택을 합니다.

미운 감정보다는 사랑을 선택하고
게으름보다는 부지런함을 선택하고

과거를 곱씹기보다 현재를 누리는 마음
비참한 마음보다는 그중에서라도 감사할 것을 선택합니다.

나이가 들어 이제 아무것도 아니라는 마음보다
나이가 있기에 지혜와 연륜, 품위와 넉넉함을 선택하여
어른이 없는 세상에 어른다운 모습으로
든든한 역할을 감당하기를 바랍니다.

우린 모두 자신의 삶을 선택할 수 있습니다.

책임을 지더라도
무엇을 누릴지 결정하여 사는 삶이
진정한 내 삶입니다.

057

나아가지 못하고
성장하지 못하고
방황하고 있다면
내면을 가만히 들여다봅니다.

무엇을 밀어내고 있으며
무엇을 따라가고 있는지요.

밀어내고 있는 것은
나에게 올 수 없으며
따라가고 있는 것은
당연히 그 길로 가게 될 것입니다.

두려워하지 말고
원하고자 하는 길에
에너지를 던지세요.

받고 싶은 게 있다면

내가 던진 에너지만큼 돌아온다는 것

잊지 말아요.

058

어떤 이는 작고 소박한 것에 행복을 느끼고
어떤 이는 많은 조건을 누리고 있음에도 불행하다 말합니다.
가만히 앉아서 우연히 행복이 찾아오리라는
기대를 해서는 안 됩니다.

행복을 얻으려면 지혜로워야 합니다.
지혜로운 자는 우연을 기대하지 않습니다.
행복에 다가가기 위해 생각하고 분석하고
마음을 조절하고 행동합니다.

그들은 영리하며 때로는 결단력과 대담함,
성실함을 가지고 행동합니다.
또한 자족하는 방법을 알고 있습니다.

스스로 불행하다 생각하지 마십시오.
상상력이 슬픔의 나락에 나를 곤두박질치게 하면 안 됩니다.

평생 자신을 불쌍하다 생각하며 연민의 삶을 살 것인지
온전히 내 편이 되어 멋지다고 격려하며 살 것인지
나의 선택이겠지요.

이제는 불안과 걱정, 아픔에서 자신을 건져주세요.
나는 현실을 바꿀 수 있는 사람입니다.

059

수많은 영양제와 좋은 음식을 먹어도
마음에 묶임이 있으면
건강이 회복되지 않습니다.

마음의 묶임이 생기면
문제의 원인을 외부로 돌리게 되지만
외부에서 일어나는 문제는
내가 조정할 수 있는 부분이 아닙니다.

외부의 문제를
내면으로 끌어오지 않는 힘

그것이
건강을 지키는 일이며
나를 존중하는 것입니다.

060

너무나 자신만이 중요한 시대를 살아가고 있습니다.

사랑을 온전히 채워 외부로 흐르도록 하는 작동 센서가
자기 안으로만 과잉으로 채워지고 있습니다.

나를 축복하며 사랑하듯
다른 이들을 축복하고 사랑의 마음을 보내 봅니다.

내가 사는 내 공간, 환경이 중요하듯
다른 이들이 사는 공간, 환경을 이해하고 돌보아 줍니다.

세상의 모든 문제는
사랑이 고파서 생기는 문제입니다.

사랑이 고픈 많은 이들에게
진심의 사랑을 나누는
에너지 높은 삶이 되길 축복합니다.

변화되지 않는 환경을 탓하고
세상을 비난합니다.

눈앞에 보이는 세상은
바라보는 자의 거울입니다.

환경이 변화하지 않는다는 것은
내 마음의 시선이 그러한 믿음을 자아내었기 때문입니다.

분노하지 마세요.
아파하지 마세요.

이 세상의 환경은
일궈내야 할 마음의 밭입니다.

내가 삶에 어떻게 반응하는지
어떤 방향으로 끌고 가는지에 집중하세요.

아름다운 세상입니다.
오직 아름다운 것들만
당신의 마음 안에 채워가세요.

환경을 지배할 힘이
나와 당신 안에 있음에
참 감사합니다.

062

몸이 아프면 마음의 힘을 잃어버리고
마음이 아프면 몸이 아픈 경우가 많습니다.

이와 비슷하게 생각과 삶도 붙어 있습니다.

어떤 생각을 하고 사는가가 그 삶을 좌우하기도 하고
삶에서 오는 상황을 통해 생각의 변화를 일으키기도 하지요.

소중한 뇌에 아무것이나 모두 집어넣게 되면
넘치는 정보에 의해 뇌가 과열되기 때문에
생각은 마음이 동의한 것만 뇌에 저장합니다.

나름 필터링을 하는 것입니다.

예를 들어 '자신이 참 바보 같다'라고 느낀다면
그것과 맞는 생각의 짝을 맞추느라
하루 종일 뇌를 사용합니다.

자신감이 없어지고 눈동자는 불안합니다.
어깨는 늘어지고 무엇을 해도 두렵습니다.

이 모습을 보는 상대는 신뢰하지 않게 되고
관계를 유지하거나 함께 일하는 것이 꺼려지게 되지요.

부정적 생각이 만든 삶의 악순환입니다.

아궁이에 불을 때야 방바닥이 따뜻해지듯
긍정적 감정을 의식적으로 느껴야 합니다.

뇌는 상상한 것과 실제 경험한 것의 차이를
크게 구분하지 못하고
그때 느꼈던 감정으로
자신이 어떤 사람인지 판단을 합니다.

삶을 변화하고 싶다면
생각을 건강하게 만들어 보세요.

할 수 있다는 자신감과 행복하고 안정된 당신 눈빛을 통해
더욱 멋진 기회가 펼쳐지기를 진심으로 응원합니다.

나만의 가치 있는 목적을
아직 발견하지 못했다면
현재의 일에 우선 충실하세요.

그 일이 아무리
보잘것없고 초라하게 느껴진다 해도
상관없답니다.

내 앞에 있는 일에 집중하다 보면
일을 처리하는 능력과
마음을 다루는 능력이
함께 자라납니다.

현재의 일이 충분히 익혀졌을 때
그 일을 넘어선
더 큰 가치가
내 앞에 나타날 거예요.

064

자기 연민이란 감정에서 오랫동안 머문 적이 있었습니다.
자기 연민이란 자신을 불쌍히 여기는 마음입니다.

그 마음이 얼마나 많은 것을 차단하고
얼마나 많은 기회를 흘려보냈는지 모릅니다.
아프고 부정적인 감정들을 가져다 썼고
우울의 감정으로 인해 매일 몸이 아팠습니다.

우리가 발산하는 생각은 에너지로 돌아옵니다.
약하고 부족한 생각을 제거하면
그 안에 있던 고귀하며 순수한 에너지가 발생합니다.
이것이 긍정적인 에너지입니다.

쓰레기를 버리고 치우지 않으면 오염되고 황폐해지며
늘 가꾸고 돌보는 곳엔 깨끗함과 아름다움이 남게 되는
소박한 진리

지금 코로나로 인해 몸살을 앓고 있지요.

사람과 지구가 아픕니다.

힘들고 어두운 곳에 두려움을 보내는 대신
빛을 발하고 감사하며 희망의 마음으로 함께하길 소망합니다.

틀어졌던 삶과 정화를 위해 잠시 찾아온 어려움입니다.
모두 힘내시길 바랍니다.
축복합니다.

065

강함은 부드러움에서 나오고
타인을 향한 설득은 그를 위한 배려에서 나옵니다.

거짓과 교만은 어리석고 낮은 자를 만들고
진실과 성실은 자존감이 높고 용감한 자를 만듭니다.

마음을 강화하기 위해
할 수 없거나 극복하지 못할
내면의 어떤 것도 존재하지 않습니다.

가치 있는 나만의 삶을 만들기 위해
나약한 마음은 버리고
내 안의 고귀한 힘을 멋지게 발휘하며 살기를 바랍니다.

어린 시절부터 가지고 다닌 이야기 너머
묶였던 상처를 놓아주면
나를 찾는 여정이 시작됩니다.

저마다 특별한 이야기가 있기에
알아가는 과정도 다르지요.

그 시간부터는
모든 순간이 선물입니다.

나이가 들었다 해서 선물은 멈추지 않습니다.
오히려 더 깊이 더 큰 울림으로 다가옵니다.

이 땅을 더 아름답게 만들고
내 영혼을 더욱 빛내기 위해
이곳에 있음에 감사합니다.

067

살아오면서 채색된 관념
정체성이란 것들이 나인 줄 알았습니다.

사는 대로만 생각을 했지
진정 어떤 삶을 원하는지
본연의 나는 무엇을 하려 태어났는지를
처한 삶을 살아내느라
진짜를 보지 못하고 사는 것은 아닌지 돌아봅니다.

창문을 깨끗이 닦아내고 바라본 풍경이 선명하고 맑듯이
무엇을 원하는지 마음의 창에 물으면 물을수록
영혼의 성장이고 나눔이고 사랑이랍니다.

경험과 에고들이
본연의 나를 가려 놓았습니다.

옳은 곳으로 옮기고
맑게 정화하며

감사의 축복을 알아가는 작업은
계속되어야 하겠지요.

삶을 변화시키고 싶다면
스스로가 얼룩을 닦아내고
본연의 나를 만나야 합니다.

원래의 나는
사랑이고 축복이며
빛이 가득한 존재입니다.

어린 아가들은
자신의 온몸과 맘을 진정으로 사랑하며
그 자체로 온전합니다.

원하는 것이 있을 땐
있는 힘껏 요구하기도 하고
편안할 때는 행복을 누릴 줄 압니다.

그 당당함과 행복한 빛이
사랑을 끌어당깁니다.
성인이 된 우리도 그럴 때가 있었겠지요.

온전했던 아이는
부정적 경험을 겪어내며
부족한 사랑으로 사는 법을 찾아내고 습득합니다.

나 자체로 빛이고 사랑임을 잊은 채
비판과 질책, 두려움과 걱정 속에

자신의 가치를 깎아내며 살아갑니다.
밝은 빛에서 하루하루 멀어집니다.

이 모든 것을 회복하는 방법은
나를 사랑하는 것입니다.

나를 사랑한다는 것은
자신의 모든 것을 존중하고
살아온 날들에 감사하는 것입니다.

생명을 가진 것만으로
존중받을 가치가 있고
지금까지 살아왔다는 것만으로
충분히 훌륭한 당신이기에.

069

나의 마음이 당신에게 이르렀기에
그의 마음을 느끼고
시선 끝 아름다움을 인지합니다.

마음속 시야가 넓어질 때
사랑의 크기는 확장되고
행복의 감정이 샘솟으며

마음속 시야가 좁아질 때
사랑의 크기는 줄어들고
불행의 감정이 올라옵니다.

넓게 바라볼수록
자유롭게 되고
무한한 잠재력이 깨어납니다.

마음은 빛과 같아
그 빛을 넓게 비출수록

꿈은 멋지게 펼쳐집니다.

인생의 짐이 너무 무겁고
사방이 막혔다고 느껴질 때
좀 더 높고 먼 미래의 시선으로
지금의 나를 바라봄도 좋겠습니다.

수많은 채널을 통해
어서 꿈을 세우라고 하고
성공을 위한 해법들을 제시하며
꿈을 이룬 이들의 이야기가 들려옵니다.

가끔은 귀를 막고 싶을 만큼
소음처럼 들리기도 하고
숨통이 조여 오는 것처럼
답답하게 느껴지기도 합니다.

꿈을 이룬다는 것
성공한다는 것은
삶의 목표는 될 수 있으나
평생의 만족이 되지는 않습니다.

어쩌면 그들이 말하는
꿈과 성공을 따라가다가
어느 곳 하나 집중하지 못한 채

인생의 시간이 빠르게 지나갈 수 있습니다.

무엇을 하느냐가 중요한 것은 아닙니다.
어떻게 사느냐가 중요하지요.

우리는 서로 아름다운 별입니다.

그냥
나만의 온도로
나만의 별빛을
아름답게 발하길 응원합니다.

사람마다 옳고 그름이 다르기에
그것을 고민하고 물어야 할 필요는 없습니다.

내가 물을 것은 사랑이 무엇인가입니다.
사랑은 내 안의 삶을 살아가는 것입니다.

카푸치노의 크리미한 거품이 사랑스럽고
나뭇가지에 열심히 집을 짓는 새들의 움직임이 사랑스럽습니다.

소소한 것들을 사랑하며
내 삶을 사랑하고 있습니다.

누군가는 답답한 삶이라 할 수 있고
나 또한 가끔 그리 여길 수 있지만
내 삶을 사랑하지 않으면
누가 나를 사랑해 줄 것이며
다른 이들과 세상을 어찌 사랑할 수 있을까요?

주어진 것을 충분히 설레고 느끼고 나누는 것

그게 사랑이라 생각합니다.

그럴 때 풍요의 빛이 나럽니다.

요즘 자주 하는 생각 중 하나는
20살부터 지금 나이를
현재 나이에 합해 보는 일입니다.

고개를 돌리면 보일 것 같고
아직도 생생하게 느껴지는 순간들이
빛에 반사되어 눈앞에 흩날립니다.

흩날리던 시간을
지금 나이에 더하면
우리 엄마의 나이입니다.

지나간 엄마의 젊음도
너무 아쉽고
얼마 전 같이 눈에 선합니다.

어마어마한 추억들이
손에 잡히지 않는 것들을 알았기에

지금의 소중함에 무게를 더하게 됩니다.

그 귀한 시간을
나는 살아가고 있습니다.

보다 감사하게 기쁘게
보다 의미를 두고
살려고 합니다.

반짝거리는 내 인생
그리고 당신 인생

낡고 우울한 동네에 사는 사람이 있었다.

그에게는 꿈이 있었다.
지금 사는 오래된 집을 허물고
멋진 집을 짓고 싶었다.

그는 꿈을 향해 열심히 달렸고
오래된 집을 헐고 원하던 멋진 집을 지었다.

몇 달을 설레며 기다리다
새집에 들어간 그는 너무나 기뻤다.
그러나 그 기쁨은 길지 않았다.

바깥으로 보이는 풍경은
여전히 우울했고 어두웠기에
예전의 모습과 달라진 게 없는 기분이었다.

자신의 삶이 반짝반짝 빛날지라도
같이 누리고 함께해야 서로에게 복됨을 알게 되었다.

커피를 마시며 창밖을 보던 그는 생각했다.

'내일부터 몸이 아프신 건너편 어르신 집
앞마당을 쓸어드려야겠구나…!'

코로나 시간은
단순하게 살면서도
풍요로움을 키우는 방법을 알려주었습니다.

인생을 어떻게 살아야 하는지
재정의하는 신선한 시간이었어요.

삶의 성취감이나 행복은
많은 것을 가짐에서 오는 것도 아니고
새로운 곳을 여행하고
흥미로운 경험을 계속하는 것도 아니라는 생각이 들었습니다.

그것보다 좀 더 진지하고 깊습니다.
그리고 소박하고 단순합니다.

매일의 삶에서
삶의 자리에서
기쁨을 씨앗처럼 다루고

내 안의 창의성에 스스로 경의를 표하고
평안을 지켜내는 일

부족한 마음들이 온전히 해소되진 않겠지만
남과 비교하지 않고
내 삶에 용기를 보내는 일

인생의 성공한 기분을 느끼기 위해
특별한 무언가로 나를 치장하고 싶지 않습니다.

나를 위해 항상 그 자리에 있는
산책길이 고맙고
향기로운 차를 골라 마시는 것 또한 행복합니다.

삶의 순간순간
짜릿한 감사함을 위해
풍요로운 날들을 위해
맑게 깨어있고 싶습니다.

유창하진 못하지만
진심을 말하고 싶고

논리적이진 못하지만
감동을 전하고 싶습니다.

머리로 열심히 배웠지만
경험은 공부로 배우는 것이 아님을 알았습니다.

이제는 조금 많은 내 나이를
경험을 실행에 옮기기에 좋은 나이라고
엄마는 말씀하셨지요.

나만 알던
기억하고 싶지 않은 시간의 조각들이
지금을 위해 기다렸다고 보란 듯 반짝입니다.

서글퍼 말라 했었지?

네 가슴의 우아한 브로치처럼

너를 빛나게 할 그날이 올 거라고….

애를 쓰며 마음을 다잡던 냉기 돌던 시간들에

이제야 위로를 보내봅니다.

Part 4

쉼

우물 안에
한 세상이 있듯이

한 사람 안에는
놀라운 세상이 있습니다.

사람을 알수록
겸손함을 배우고
위대함을 느낍니다.

배우고
느끼고
깨닫기 위해
이 세상에 왔나 봅니다.

잊었다 생각했고
회복된 줄 알았던 쓴 뿌리

어느 날 갑자기 붕붕 떠올라
그날의 기억에 서 있습니다.

잊으려고 노력하지 않아요.

기억이 떠오를 때마다
대수롭지 않게 넘길 힘을 키워봅니다.

별일 아니야.
잘 살아왔어.
다 괜찮아.
나를 다독이는 힘

순간을 유연하게 넘기는 자세
그것이 치유입니다.

그날그날
천천히 소박하게 사는 삶도 아름답고

폭풍 속 우레와 같은
격정적인 삶도 아름답습니다.

자신의 성품에 따라
발맞추어 살아가면 되겠지요.

우리가 어떤 리듬을 타든
어제보다 조금 더 밝게 비추며 살아가는 것

충분한 삶의 의미입니다.

우리가 쓰고 말한
모든 파동은
공중에 남는다고 합니다.

공기와
사물과
상대의 마음에 닿아
사라지지 않습니다.

진심을 전한 말과 글들이
당신의 가슴에 남았을 것이고
그대의 눈빛이
나의 가슴에 남았습니다.

물이 채워지면
돌아가는 물레방아처럼

어느 단계가 넘어서면
지식은 확장되고
생각의 전환이 일어나며
가치관은 변화합니다.

열정도 좋지만
가만히 그 자리에 있음도 좋습니다.

한 길을 계속 가는 것도 좋지만
그 길은 그만 가도 좋습니다.

다른 이를 위해 애쓰는 삶도 좋지만
날 위해 토닥이는 삶도 좋습니다.

변화되는 모습이 낯설고
불편할 수도 있지만
좋고 나쁨은 없습니다.

아침이 가고 저녁이 오는 것
달이 차고 기우는 것
계절이 바뀌는 것

모두가 소중한 나의 삶입니다.

081

골짜기가 깊을수록
산세가 수려하고 높다고 합니다.

삶에서 많은 경험과
고난의 시간을 살아내고
그것을 소화하신 분들을 보면
그 안에서 빛이 나는 것을 봅니다.

그 어떤 학력이나 타이틀에
견줄 수가 없습니다.

왜 나만 겪는 고난이냐고
가슴을 치는 날도 있었고
홀로 가는 외로움에
몸서리치던 때도 있었습니다.

그 광야의 시간을 통해
단단해지고

무럭무럭 자라나
다른 이들의 그늘이 되는
멋진 나무가 되었습니다.

멋지고 든든하게
함께, 같이 해 주셔서
참 감사합니다.

사랑합니다.

나이가 들면
사랑이 충만해지리라 생각했어요.

태어나고 자라면서
자신만의 상처와 괴로움을 겪다가
고통이 멈추는 순간이 옵니다.

삶을 통해 겪어야만 배울 수 있는 나는
그제야 분명하고 고유한 삶의 목적을 깨닫습니다.
그것은 사랑이라는 것을….

깊고 넓으며 조화로운 사랑
그 사랑의 빛을 배우기 위한 장이
지금 이곳입니다.

그런데 그 사랑!
깨달아도 자꾸 까먹네요.

중요하게 느껴지지 않고
어렵기도 하네요.

과거의 상처와 불안이
내 마음을 자꾸 닫습니다.
지켜내야 할 것들도 너무 많아요.

처음 이곳으로 영혼이 올 땐
사랑에 배고파서
사랑을 배우고 싶어서
사랑을 나누고 싶어 왔다고
내면의 내가 말합니다.

머리보다 심장으로 느껴보라 합니다.
심장은 사랑을 표현한다네요.
내 가슴에서 무슨 말을 하는지 헤아려 봅니다.

네 삶의 풍요는

감사함과 사랑의 빛으로 온다고

반짝거립니다.

083

현실에서 보이는
여러 가지 일들을 눈여겨보면
나의 마음속에 어떠한 것들이 숨겨져 있는지
느낄 수 있을 것입니다.

조금 쉬어가도 됩니다.

깊고 편안한 숨으로
마음을 내려놓습니다.

무엇이 되려고 애쓰는 내가 아닌
설레던 초심이 살아날 때까지 기다려줍니다.

마음이 쉴 수 있게
노을 지는 하늘을
오랫동안 바라보고 싶습니다.

모든 시간은
현재라는 시점을 지나갑니다.

이 흐름은 과거가 아닌
미래로 흘러가는 것입니다.

지금 내가 하는 일들과
품고 있는 생각들이
미래로 흘러 들어가
새로운 나를 만들어 낼 것입니다.

그렇기에 지금이란 순간은 너무나 값진 것입니다.

생산적이지 못한 것들과
과거의 상처들,
도움이 되지 않았던 시간에
큰 의미를 부여하지 말기로 해요.

다가올 미래를 향해

긍정적인 소망을 품고

건설적인 투자를 하길 바랍니다.

내일의 나는

오늘을 살았다는 것을

잊지 마세요.

누구나
마음이 파도치는 날이 있지요.

그런 날 내 마음은
머리에 꽃 달고
맨발로 뛰어다녀도 좋겠다
싶습니다.

나를 소중히 여기지 않는 시간을 붙들고
내가 소중히 여겼던 시간이
의미 없는 정도가 아닌
기억조차 없는 시간이 오겠지요.

늘 그래왔듯
지금을 사랑하며
뚜벅뚜벅
오늘을 살아야겠습니다.

086

맑은 날이 있으면
흐린 날도 있고
해가 뜨겁게 쏟아지는 날이 있으면
비가 무섭게 퍼붓는 날도 있어요.

그렇다고 하늘이 무너지거나 변하는 일은
한 번도 없었어요.
하늘은 욕심이 없거든요.

공원에 돗자리를 펴고 누워
하늘을 올려다본 적이 있었어요.
솔솔바람이 구름을 데리고 가더라고요.

구름이 지나가고 난 하늘은
여전히 파란 하늘 그대로지요.

몸이 아프거나
마음의 힘듦이 있을 때

내 삶이, 내 몸이 하늘이라는 생각을 해 봅니다.

구름이 지나갈 수 있고
폭풍우가 몰아칠 수도 있어요.

그렇다고
내 몸이, 내 삶이 무너지는 게 아니라고….

고요한 바람결에
맑은 시냇물에
가만히 가만히 흘려보내는 것

무언가를 잡고 몰입하는 순간
에너지가 집중됩니다.
에너지가 쌓이면 물질화가 되지요.

그냥 통과시켜 봅니다.
흘려 버리세요.

잡으면 내 것이 되거든요.

나쁜 건
내 것으로 하고 싶지 않잖아요.

바보같이
나쁘고 싫고 아픈 것에
걱정과 슬픔, 아픔과 분노를 쌓지 말아요.

좋은 것만
내 것으로 해요.

나를 뚫고 통과하여라.

바람도 일으키지 말고
털끝 하나 다치게 하지 말고
그냥 그대로 통과하여라.

잔상도 남기지 말고
자국도 남기지 말아라.
나도 모르게 그리하여라.

다녀간지
남겨진지
아무도 모르게 그리하여라.

저마다 삶은
노스텔지어
자기 자리로 귀화하는 것

088

신이 인간을 만드실 때
당신과 같이 만드셨다지요.

우리 안엔 그를 닮은
완전함과 신성이 있음을 믿습니다.

오감을 뛰어넘는 능력과
직관이라는 것을 선물로 받았어요.

내면의 빛이면서
그로부터 오는 빛

나를 통하여 만물을 빛나게 하면서도
나는 사용되었을 뿐
아무것도 아님을

온전히 그 빛만 남음에
감사하는 삶

남들은 다 잘 살아가고 있는데
나만 나락으로 떨어진 날

살아낸다고 살았는데
끝이 보이지 않는 날

그리 정성을 다했는데
진심이 통하지 않는 것 같은 날

예전 같으면
무너졌을까 싶지만
마음을 다시 잡아 봅니다

할 수 있을 만큼 해 왔으니
그 누가 뭐라고 나에게 할 수 없습니다.
자신만이 아는 각자의 삶이 있는 거지요.

내가 무너지지 않으면 삶은 굴러가고

내가 서면 내 삶도 섭니다.

누구도 내 삶을 대신할 수 없으니
나, 정말 잘살고 있습니다.

내 업적을 뿌듯하게 말하듯 나이를 말하는
귀여운 할머니가 되고 싶어요.

나이에 따라
어떻게 살아야 한다는 건
정말이지 싫어요.

나이는 제겐 아무런 의미가 없어요.
마음속엔 항상 내가 나로 있어요.

몸이 달라지는 건
내가 바꿀 수 없는 부분이고
인생을 다루는 법을 배우는 거라 생각해요.

그 어떤 것도 전부 다 내 인생의 풍경이죠.
지나고 보면 모두 아름다운 것들이에요.

죽음이 왼쪽 어깨에 있는 것을 느끼지 못하는 사람은 바보래요.

그건 현실이니까요.
그러니 나에게 주어진 시간
내가 나로 살아가는 거예요.

불만 가득한 할머니가 아닌
삶의 좋은 것들을 알아보는 예쁜 눈을 가진
그런 할머니가 되고 싶어요.

노랗게 타들어간 마른 잔디처럼
삽으로 떠내어 버리고 싶은 상처

잊은 줄 알고 살아가다
갑자기 머리채를 잡히듯
과거의 시간에 묶입니다.

무엇이 중요한지 알았다 해도
그저 그냥 무너질 때가 있습니다.

잡힌 손목의 손가락을
온 힘 다해 하나하나 빼어내듯
감정을 천천히 추슬러 봅니다.

그나마 지금의 나로 살게 된 것은
과거 모든 경험의 지혜들이
내게 가르쳐 준 것의 결과입니다.

모두 필요한 시간이었고
꼭 느껴야 할 감정들이었습니다.

과거의 경험과 현재의 생각이 마주할 때
잠시 스쳐 가는 칼날 같은 감정들

이 또한
오늘을 멋지게 살아내고 있는
나를 응원하러 온
과거의 표식입니다.

아팠던 날들과
결핍의 시간들

같은 일을 반복하고 싶지 않다면
더 이상 곱씹지 말자.

불쌍하고
억울한 시간이 아니었다.

나에게 금빛 날개를 달기 위해
꼭 필요한 시간이었다.

093

지나온 시간을 돌아봅니다.

마음이 외로울 땐 주변에 사람이 없었고
마음이 슬플 땐 삶이 우울했으며
마음이 아플 땐 몸도 아팠습니다.

마음을 변화시킨 후
다른 세상이 되었습니다.

밝고 행복한 쪽으로 마음을 옮겨 봅니다.

마음을 옮기다 보면
알게 됩니다.

삶이 아름답고 행복하게 변해가고 있음을….

094

삶에서 만날 모든 나이는
청춘이고 젊음이며 최고의 순간이다.

내일 죽는다 해도
그 순간까지 그러하리라.

오늘 나보다 연상의 소녀 같은 분을 뵈었다.

삶을 무게를 덜어내고
꿈의 날개를 다는 모습이
수화기 너머 가슴에 그려졌다.

늘 같은 자리 같은 환경이지만
마음만은 복을 짓고
인생 다시 꽃피울 그분을 응원하며…

인생 꽃처럼 피우라.
그대의 꽃을 피우라.

095

오늘도 하루가 시작되었습니다.
어김없이 태양은 우리를 맞이합니다.

가슴을 열고
밝은 햇빛을 고마운 마음으로
온몸 가득 담아봅니다.

내 안의 순수하고 밝은 에너지가 깨어나
몸과 마음에 충만하게 차오릅니다.

096

힘들었던 시간들을 돌아보니

아주 완벽했고

최고로 소중한 순간이었고

감사의 날이었기에

오늘도 벅찬 마음으로

감사하며 살아야 함을 배웁니다.

097

내가 느끼고
내면에 담고 싶은 것들이
정답이라 할 수 없지만
존중한다.

마른 가지들을 자르고
땅속 깊이 가득 머금은 시원한 물을
진정한 기쁨이 느껴지는 곳으로만
보내는 중이다.

나에게 기쁨을 주는 일을 할 때
많은 것들이 확장되어 간다.

보이지 않아도 보이는 것들로
요즘 눈앞이 바쁘다.

098

삶에 주어진 그 무엇

어떤 이에겐 고난이고 멍울이며
누군가에겐 십자가이고 아픈 손가락

보다 의미 있고 정성스럽게 들여다보아야 합니다.
인내심을 가지고 말입니다.

마음을 내어주다 보면
그 무엇의 의미를 마주하게 될 때가 옵니다.

겸손하게 하고
성장케 하며
강하게 만들기 위한 도구

그 무엇으로만
변화할 수 있었기에….

099

지구라는 같은 세상에 살아가고 있지만
그에겐 그의 세상이 있고
나에겐 나의 세상이 있습니다.

그의 세상을 조정할 순 없지만
나의 세상은
늘리기도 하고 줄이기도 하며
채색도 가능합니다.

우리의 세상도 중요하지만
나의 세상이 온전해야
우리의 세상이 온전할 수 있겠지요.

그의 세상에 내가 없다는 것보다
나의 세상에 내가 없다는 것을 깨닫는 것

나의 자리를 찾는 연습을
날마다 해야 합니다.

그때의 그 시점에서
우리가 행했던 모든 일은
그도
나도
그 결정이 최선이라 생각했기에
행한 것입니다.

그때 그 시간
우리가 더 나은
방법을 알았더라면
그렇게 행했을 것이며
그와 난
같은 시점이지만
다른 시선이었기에
방법이 달랐을 뿐입니다.

모두 최선을 위해
노력한 건

고마워해야 할 일이겠지요.

그러니 서러운 마음 거두길 바랍니다.

마음 챙김 명상법

마음 챙김 명상은 보통 가부좌로 앉아서 하지만 눕거나 걸으면서도 가능합니다. 현재의 자리에서 허리를 세운 후 가슴을 크게 열어 주고 목과 어깨를 편안하게 풀어줍니다. 개인적인 의견이지만 저는 세수를 한 후 창을 열고 바람이 솔솔 불어오는 것을 느끼며 하는 명상을 좋아합니다.

앉은 자리에서 눈을 감고 천천히 코로 숨을 들이마시고 길게 내어 쉽니다. 천천히 3회 반복하면서 나의 호흡을 느껴봅니다. 그리고 원래 나의 호흡으로 돌아오면서 애쓰지 않아도 호흡하고 있던 나의 호흡에 감사합니다.

살랑거리는 바람이 코끝에 느껴지고 그 바람이 코를 통에 가슴 깊이 들어와 내 몸을 정화시키고 나갑니다. 가슴이 오르락내리락하며 배가 올록볼록해지는 모습이 호흡을 위한 오케스트라 같습니다.

이 귀한 시간, 잠시 다른 생각들은 멈춥니다.
생각 먼지들이 가라앉는 시간입니다.

이 들숨과 날숨으로 인해 내가 고맙게 잘 살아가고 있습니다.

생각하는 동안 잠깐 생각 먼지가 올라옵니다.

생각 먼지가 머리까지 올라오기 전, 마음 한쪽 휴지통에 얼른 가둡니다.

그리고 다시 호흡에 집중합니다.

바람을 느꼈다면 햇볕도 느껴봅니다.

햇볕을 큰 축복이라 생각하고 피부로 받아들입니다.

햇볕의 따사로움이 참 포근합니다.

바람과 햇볕을 통해 풍요로워졌습니다.

태어나면서 이미 어떻게 살아가야 하는지 답을 알고 있었을 것이다. 우리는 밝게 빛나고 있는 소중한 존재이고 모든 것을 답할 수 있는 지혜로운 영혼이다. 삶에서 일어나는 수많은 문제를 마주하며 상황과 상대를 탓하는 우리지만 그 시간과 경험을 자신을 돌아보는 계기로 삼을 때 알지 못하던 것을 알 수 있는 지혜가 내 안에서 샘솟는다.

세상은 여전히 시끄럽고 그 환경 속에 있는 우리는 바쁜 세상 속에서 자신을 알리기 위해 경쟁하고 늘 분주하다. 인생의 마지막에 내가 가져갈 수 있는 무언가로 바쁜 것은 아니다. 그럼 인생 마지막에 가져갈 수 있는 것은 무엇이고 어떻게 사는 삶이 잘 사는 것일까? 이 모든 것은 밖에 있는 것이 아니다. 마음속 진실에 또한 진심에 있다. 잠잠히 있을 때 내면은 내가 진정 원하는 삶과 내가 가져가야 할 것을 이야기해 준다. 밖을 보는 것이 아닌 안을 보는 것이 잘 사는 삶이고 가져갈 것이 있는 삶이다. 그것이 성공의 삶이 아니겠는가?

불안한 이유는 인정하기 싫지만 욕심과 생각이 많아서이다. 떠나가 내 곁에 다시 올 수 없는 과거와 오지도 않은 미래를 내 앞에 자꾸 끌어다 놓고는 힘들다 하고 불안하다고 한다. 그 문제만 빼면 감사할 것은 바닷가 모래알처럼 많은데 그 문제만 부여잡고 세상 괴로움을 다 가진 사람처럼 행동한다. 문제를 문제로 보지 말자. 감사는 뭉친 것을 녹이고 축복의 길을 열어주는 신비의 도구이다. 작은 것부터 주변부터 감사할 것들을 돌아보자. 감사할 것이 너무 많아 놀랄지도 모르겠다.

가끔은 나의 진심이 무시되거나 부정당할 때가 있다. 그러면 또 구덩이를 파고 들어가 앉아 상처받았다고 이름 짓고 그 상황을 곱씹으며 자꾸 손가락으로 후벼 파고 들여다보니 덧이 난다. 조그마한 염증이 병원 치료를 받아야 할 상황이 된다. 나의 진심이었고 바른 마음이었다면 상대가 부정한 것일 뿐 나의 문제가 아니다. 나는 바르고 진심인 그 자리에 있으면 될 뿐이다. 지금이란 시간은 온전히 나의 것이 되어야 한다. 나를 상함에서 지키

고 공허에서 충만으로 채우며 어둠에서 밝음으로 가야 한다. 그
것이 생명을 부여받은 삶에 대한 예의다.

힘든 시간을 보내고 있을지도 모르는 당신
겪고 있는 순간에 위로를 보내고 응원합니다.

이 어둠의 시간은 빛을 알려주기 위함이며
성장하기 위해 없어서는 안 될 시간입니다.

멀리 보면
이 또한 사랑의 시간을 지나고 있음에
시간의 마법을 믿고 한걸음 또 떼어 봅니다.

내 안에 가만히 귀 기울이면
조용히 답을 말해 줄 것입니다.

모든 것은 연결되어 있고

감사를 통해 사랑을 배웠다고 말입니다.

I support you.

By Joyce

가끔 마음에도 청소가 필요해

초판 1쇄 발행 2022년 5월 15일

지은이 이계영
펴낸이 정혜윤
디자인 김미영
펴낸곳 SISO

주소 경기도 고양시 일산서구 일산로635번길 32-19
출판등록 2015년 01월 08일 제 2015-000007호
전화 031-915-6236
팩스 031-5171-2365
이메일 siso@sisobooks.com

ISBN 979-11-92377-03-2 (03800)